LE FIABE D

BUONANOTTE

PER BAMBINI E BAMBINE

Libro illustrato con favole e storie brevi per i più piccoli

FELICE BUONANOTTE

**Le Fiabe della Buonanotte per bambini e bambine
Favole e storie brevi per i più piccoli**

Copyright ©2023 – FELICE BUONANOTTE

La Principessa e il Bosco Incantato

C'era una volta, in un regno lontano, una giovane principessa di nome Sofia. Sofia era nota in tutto il regno per la sua bellezza, ma ciò che la rendeva veramente speciale erano il suo cuore gentile e il suo amore per la natura. Passava ore nei giardini del castello ad ammirare i fiori e a conversare con gli uccelli e gli animali del bosco circostante. Un giorno, mentre si trovava nei giardini, Sofia udì un lamento provenire dal bosco. Seguendo il suono, si imbatté in un piccolo uccellino con una zampa ferita. Con amorevole cura, Sofia prese l'uccellino tra le mani e lo portò al castello. Decise di chiamarlo "Piumetta" per via delle piume morbide e colorate che adornavano il suo piccolo corpo. Sofia si prese cura di Piumetta con affetto e dedizione. Ogni giorno, lo nutriva con piccoli chicchi di grano e lo teneva al caldo accanto al suo letto. Col passare del tempo, l'uccellino si riprese e iniziò a cantare melodie allegre che riempivano il castello di gioia. Un giorno, mentre Sofia passeggiava con Piumetta nei giardini, un folletto uscì da dietro un albero. Era un folletto gentile di nome Fredo, il custode del bosco incantato. Fredo era rimasto colpito dalla gentilezza di Sofia e dalla sua cura amorevole per gli esseri viventi.

"Principessa Sofia," disse Fredo, "hai dimostrato una rara gentilezza prendendoti cura di Piumetta. In cambio del tuo amore e della tua gentilezza, voglio farti un dono speciale. Ti porterò nel bosco incantato, un luogo magico dove i tuoi sogni diventeranno realtà."

Sofia accettò con entusiasmo l'offerta di Fredo, e insieme entrarono nel bosco incantato. Il bosco era un luogo di meraviglia e sorprese, dove gli alberi cantavano canzoni dolci e le farfalle brillavano di mille colori. Sofia poteva comunicare con gli animali e con le piante, e ogni suo desiderio si avverava. Tuttavia, Sofia desiderò solo una cosa: condividere la magia del bosco incantato con tutti i suoi sudditi. E così,

Fredo e Sofia lavorarono insieme per aprire le porte del bosco agli abitanti del regno. Le persone venivano da ogni angolo del regno per vivere la magia del bosco incantato e per imparare a rispettare la natura. Con il passare del tempo, Sofia divenne una regina amata e rispettata per la sua gentilezza e la sua saggezza. Il regno fiorì sotto il suo governo, e tutti impararono l'importanza di prendersi cura della natura e degli esseri viventi.

Morale della storia: La gentilezza e l'amore per la natura possono portare a meravigliose avventure e diffondere la felicità tra gli altri. Quando condividiamo la nostra gentilezza, tutti ne beneficiano e il mondo diventa un posto migliore.

Il Piccolo Pesciolino Coraggioso

In un tranquillo laghetto nel cuore della foresta, viveva un piccolo pesciolino di nome Marco. Marco era diverso dagli altri pesci nel laghetto: aveva delle strisce dorate lungo il corpo anziché le solite macchie nere. Questa diversità faceva sì che gli altri pesci lo evitassero e lo trattassero con freddezza.

Un giorno, mentre nuotava tra le alghe alla ricerca di cibo, Marco udì un lamento proveniente da un angolo del laghetto. Si avvicinò cautamente e scoprì un piccolo granchio intrappolato in una rete abbandonata. Il granchio era spaventato e implorò aiuto.

Marco non esitò un istante. Con grande determinazione, cominciò a mordere il filo della rete, cercando di liberare il granchio. Fu un lavoro duro e richiese molta perseveranza, ma

Marco non si arrese. Dopo molto sforzo, finalmente riuscì a tagliare il filo e liberare il granchio.

Il granchio ringraziò Marco con gratitudine e lo definì "il pesciolino coraggioso". Questo soprannome si diffuse rapidamente tra gli abitanti del laghetto, e presto Marco fu rispettato e ammirato da tutti.

Un giorno, una grande aquila scese in picchiata verso il laghetto, minacciando di catturare i pesci con il suo artiglio affilato. Mentre gli altri pesci si nascondevano spaventati, Marco decise di fare fronte all'aquila. Con grande coraggio, nuotò verso l'aquila e le disse di andarsene.

L'aquila, colpita dalla determinazione di Marco, decise di non attaccare e volò via. I pesci del laghetto applaudirono Marco e gli chiesero di diventare il loro leader.

Marco accettò l'incarico e divenne un leader saggio e coraggioso. Insegnò agli altri pesci l'importanza dell'unità e della gentilezza e li guidò verso un periodo di prosperità e armonia nel laghetto.

Morale della storia: La diversità e il coraggio possono portare a risultati straordinari. Non importa quanto siate diversi dagli altri, la vostra gentilezza e determinazione possono fare la differenza e ispirare gli altri a seguire il vostro esempio.

E così, Marco il pesciolino coraggioso e gli abitanti del laghetto vissero felici e contenti, con il cuore pieno di gratitudine e ammirazione per il loro coraggioso leader.

Il Girasole Generoso

I n un colorato prato, cresceva un bellissimo girasole di nome Giulia. Giulia era un girasole diverso dagli altri, perché aveva petali dorati anziché gialli. Ma ciò che la rendeva veramente speciale era la sua generosità.

Ogni giorno, quando il sole sorgeva all'orizzonte, Giulia si girava verso di lui e apriva i suoi petali dorati per ricevere la luce e il calore. Ma non era solo il sole che Giulia voleva nutrire, era anche il suo desiderio di aiutare gli altri. Aveva un cuore grande e una volontà forte.

Un giorno, un gruppo di piccoli uccellini arrivò nel prato in cerca di cibo. Erano affamati e deboli, e non trovavano nulla da mangiare. Vedendo il loro stato, Giulia decise di aiutarli. Aprì i suoi petali dorati e iniziò a lasciar cadere i semi di girasole sui quali si nutriva. Gli uccellini riuscirono a mangiare e a riprendersi, grazie alla generosità di Giulia.

Ma non finì qui. Altri animali del prato iniziarono a notare la generosità di Giulia e venivano da lei per ottenere aiuto. Lei condivideva volentieri i suoi semi e si prendeva cura di tutti. Il prato diventò un luogo di abbondanza e amicizia, grazie al cuore generoso di Giulia.

Un giorno, un bambino che passeggiava nel prato con sua madre notò Giulia. Era affascinato dalla sua bellezza e dalla sua generosità. Decise di piantare alcuni semi di girasole nel suo giardino a casa. Così, la generosità di Giulia si diffuse oltre il prato, portando la bellezza e l'abbondanza anche altrove.

Morale della storia: La generosità e l'attenzione verso gli altri possono portare alla creazione di un mondo migliore, dove l'abbondanza e l'amicizia prosperano. Anche le azioni più piccole possono fare una grande differenza.

E così, Giulia il girasole generoso continuò a irradiare la sua luce e la sua gentilezza, portando gioia e prosperità ovunque cresceva.

Il Viaggio di Emma e il Drago Gentile

In un piccolo villaggio circondato da verdi colline, viveva una bambina di nome Emma. Emma era una bambina vivace e curiosa che amava ascoltare storie di avventure e draghi. Un giorno, mentre passeggiava nei boschi vicini al villaggio, trovò un vecchio libro in un'antica cabina abbandonata. Il libro parlava di un mondo lontano e di un drago gentile chiamato Drako.

Emma era affascinata dalle storie su Drako e decise di intraprendere un viaggio per trovare questo drago leggendario. Preparò un piccolo zaino con cibo, acqua e il libro che aveva trovato. Con un bacio a sua madre e un saluto al suo villaggio, Emma iniziò il suo viaggio verso l'ignoto.

Il suo viaggio la portò attraverso foreste profonde e montagne maestose. Lungo la strada, incontrò creature straordinarie e persone gentili che le offrivano aiuto. Emma era sempre curiosa e chiedeva loro storie e consigli sul Drako gentile.

Dopo settimane di viaggio, Emma arrivò in una valle nascosta tra le montagne. Qui, incontrò un vecchio pastore di pecore che conosceva la leggenda di Drako. Le raccontò che Drako viveva in una caverna in cima a una montagna alta e che il modo migliore per avvicinarsi a lui era con gentilezza e rispetto.

Emma ringraziò il pastore e si incamminò verso la montagna. Il sentiero era ripido e faticoso, ma Emma non si arrese. Alla fine, raggiunse la cima e trovò la caverna di Drako. Con cuore pieno di speranza, entrò.

All'interno della caverna, trovò Drako, un maestoso drago con scaglie verdi e occhi gentili. Drako era sorpreso di vedere una piccola umana nella sua casa, ma non mostrò alcuna minaccia. Emma gli raccontò la sua storia e come aveva viaggiato per incontrarlo.

Drako era commosso dalla determinazione e dalla gentilezza di Emma. Le raccontò che molti avevano cercato di trovarlo nel corso degli anni, ma nessuno era mai arrivato fin lassù. Aveva aspettato a lungo qualcuno come Emma, che cercava il suo cuore gentile piuttosto che il suo tesoro.

I due trascorsero giorni a parlare e condividere storie. Drako insegnò a Emma il valore della gentilezza, della compassione e del rispetto per tutte le creature. Era un insegnamento prezioso che Emma avrebbe portato con sé per tutta la vita.

Alla fine del suo viaggio, Emma tornò al suo villaggio, dove raccontò la sua incredibile avventura con Drako. Il suo cuore gentile e la saggezza acquisita ispirarono gli abitanti del villaggio a essere più gentili gli uni con gli altri e con la natura circostante.

Morale della storia: Anche nelle avventure più grandi, la gentilezza e il rispetto possono essere le qualità più preziose. La gentilezza può aprire porte e creare amicizie inaspettate, anche con creature leggendarie come il drago gentile Drako.

E così, Emma e il Drako gentile condivisero una storia che sarebbe stata raccontata per generazioni, ispirando gli altri a cercare il bene nei cuori gentili e a diffondere gentilezza nel mondo.

Il Regno dei Cuori Luminosi

In un regno incantato, governato da un re gentile e una regina compassionevole, viveva una piccola principessa di nome Aurora. Aurora era amata da tutti nel regno per la sua bellezza esteriore e la gentilezza interiore. Ma c'era qualcosa di straordinario in Aurora: aveva un cuore luminoso.

Il cuore di Aurora era diverso dagli altri, perché brillava di una luce delicata e calda. Quando la notte cadde, il suo cuore emanava una luce che illuminava la stanza in cui dormiva. Questa luce si diffuse in tutto il regno e portò la felicità a tutti coloro che l'avevano vista.

Un giorno, nel regno vicino, un re malvagio sentì parlare del cuore luminoso di Aurora e ne divenne geloso. Decise che voleva quel cuore per sé e inviò un mago oscuro per rubarlo.

Il mago entrò di nascosto nel castello di Aurora e tentò di estrarre il cuore luminoso, ma non ci riuscì.

Aurora si svegliò e vide il mago intento a cercare di rubarle il cuore. Con un atto di gentilezza, offrì al mago una seconda possibilità, chiedendogli perché avesse bisogno del suo cuore. Il mago, sorpreso dalla gentilezza della principessa, raccontò la sua storia di solitudine e disperazione. Aurora comprese il dolore del mago e offrì il suo aiuto.

Insieme, Aurora e il mago oscuro trovarono un modo per riempire il cuore del mago di luce e amore, senza doverglielo strappare. Il mago, toccato dalla gentilezza di Aurora, rinunciò al suo piano malvagio e si scusò per il suo comportamento passato.

Aurora tornò a dormire con il cuore luminoso, ma questa volta aveva un nuovo amico nel mago. Il cuore del mago si illuminò anch'esso, e la sua gentilezza si diffuse in tutto il regno, portando la pace e la felicità.

Morale della storia: La gentilezza e la compassione possono trasformare anche i cuori più oscuri. A volte, un atto gentile può portare alla pace e all'amicizia, anche nelle situazioni più difficili.

E così, il regno dei cuori luminosi prosperò, grazie alla gentilezza di Aurora e alla trasformazione del mago oscuro. La luce della gentilezza brilla sempre più luminosa quando viene condivisa con il mondo.

Il Principe e la Rosa Incantata

In un regno lontano, c'era un principe di nome William. William era un giovane nobile con un cuore gentile, ma il suo regno era afflitto da una maledizione. Un terribile stregone aveva lanciato un incantesimo su una delle rose più belle del giardino del castello, trasformandola in una rosa incantata.

L'incantesimo prevedeva che, se qualcuno toccava la rosa incantata, il castello sarebbe caduto nell'oscurità e il principe sarebbe rimasto prigioniero della sua forma bestiale per sempre. Il castello era già immerso nell'ombra, e il principe era stato trasformato in una bestia spaventosa.

Un giorno, una giovane contadina di nome Isabella si avventurò nel castello, incuriosita dalla leggenda della rosa incantata. Isabella era gentile e compassionevole, e non temeva la bestia che si nascondeva nel castello. Scoprì la rosa incantata e, invece di toccarla, si chinò per annusarla delicatamente. La rosa, toccata dalla gentilezza e dalla purezza del cuore di Isabella, si liberò dall'incantesimo. Il castello tornò alla sua antica bellezza, e la bestia fu trasformata nuovamente in un principe. William e Isabella si guardarono negli occhi e si innamorarono perdutamente.

Nonostante le loro origini diverse, il principe e la contadina si sposarono e regnarono insieme sul regno, portando prosperità e amore a tutti i loro sudditi. La gentilezza e l'amore avevano spezzato l'incantesimo e unito due cuori destinati l'uno all'altro.

Morale della storia: La gentilezza, la compassione e l'amore possono superare qualsiasi ostacolo e spezzare incantesimi potenti. Il vero valore di una persona risiede nel suo cuore e nelle sue azioni gentili.

E così, il regno di William e Isabella visse felice e contento, con la rosa incantata a testimonianza del potere della gentilezza e dell'amore. La loro storia divenne una leggenda tramandata di generazione in generazione.

La Piccola Fata e il Bosco Incantato

In un bosco incantato, dove gli alberi avevano foglie d'oro e i fiori brillavano di colori vivaci, viveva una piccola fata di nome Luna. Luna era diversa dalle altre fate del bosco: aveva delle ali più piccole e un abito dai colori più semplici. Tuttavia, Luna aveva un dono speciale: poteva vedere la bellezza e la magia in ogni cosa. Un giorno, mentre Luna passeggiava nel bosco incantato, vide una radura segreta, nascosta tra gli alberi. In quella radura, c'era un albero straordinario, l'Albero dei Desideri. Si diceva che chiunque facesse un desiderio sotto quell'albero, il desiderio si sarebbe avverato. Luna decise di provare a fare un desiderio. Si avvicinò all'Albero dei Desideri e chiuse gli occhi. Nel suo cuore, desiderava una cosa semplice: voleva che tutti gli abitanti del bosco potessero vedere la bellezza che lei vedeva in ogni cosa. Mentre faceva il desiderio, un bagliore magico avvolse l'Albero dei Desideri. Quando Luna aprì gli occhi, si rese conto che il suo desiderio era stato ascoltato. Tornando nel bosco, notò che tutti gli abitanti avevano iniziato a vedere la bellezza del bosco incantato, così come lei lo vedeva. Gli uccelli cantavano con note più dolci, i fiori emanavano profumi più intensi e gli alberi sembravano brillare ancora di più. Luna era felice di vedere la sua magia diffondersi, e il bosco incantato divenne ancora più splendido. Con il tempo, Luna condivise la sua magia con altri, insegnando loro a vedere la bellezza che li circondava. Ogni creatura nel bosco imparò a guardare oltre l'apparenza e a scoprire la magia nascosta nelle piccole cose.

Morale della storia: La bellezza è ovunque, ma spesso è necessario imparare a vederla. La gentilezza e il desiderio di condividere la propria visione possono portare a una magia che trasforma il mondo intorno a noi.

E così, Luna la piccola fata e il Bosco Incantato vissero in armonia, con il dono della bellezza e della magia che li circondava ogni giorno. La loro storia era un ricordo luminoso della potenza della gentilezza e del desiderio di condividere la bellezza con gli altri.

Il Coraggio di Martina e il Drago del Bosco

Nel cuore di un bosco antico, viveva una giovane ragazza di nome Martina. Martina era conosciuta per la sua gentilezza e il suo spirito avventuroso. Passava le giornate esplorando il bosco e aiutando gli animali in difficoltà. Ma c'era un mistero che circondava il bosco: la leggenda di un drago temibile che viveva nelle profondità del bosco. Il drago, chiamato Draconis, era noto per essere feroce e spaventoso. Si diceva che tenesse prigionieri tutti gli animali del bosco e li costringesse a lavorare per lui. Martina non credeva a queste storie spaventose e decise di scoprire la verità.

Un giorno, mentre attraversava il bosco, Martina sentì un lamento provenire da una grotta. Si avvicinò con cautela e trovò un piccolo gufo intrappolato in una ragnatela. Martina non esitò un attimo e liberò il gufo con gentilezza.

Il gufo, riconoscente, le raccontò la verità su Draconis. Il drago non era malvagio, ma piuttosto solitario e triste.

Era intrappolato in un ciclo di solitudine e aveva bisogno di un amico. Martina decise di aiutare il drago e risolvere la situazione.

Si avventurò nelle profondità del bosco e trovò Draconis, che era davvero un drago maestoso. Tuttavia, il drago sembrava solo triste e solitario. Martina si avvicinò con gentilezza e gli parlò delle storie che circolavano sul suo conto.

Draconis confessò la sua solitudine e la sua tristezza. Martina gli offrì amicizia e compagnia. Con il tempo, il drago imparò a fidarsi di Martina e i due diventarono grandi amici.

Martina lo aiutò a trovare nuovi modi per divertirsi nel bosco e a fare amicizia con gli altri animali. Draconis smise di costringere gli animali a lavorare per lui e iniziò a condividere il bosco con loro in pace.

Morale della storia: Il coraggio e la gentilezza possono trasformare il cuore delle persone, anche quelle che sembrano spaventose o malvagie. Spesso, dietro una facciata temibile, c'è solo bisogno di amicizia e comprensione.

E così, Martina e Draconis dimostrarono che l'amicizia può superare qualsiasi paura o leggenda, portando la pace e la felicità al bosco e ai suoi abitanti. La loro storia divenne una lezione di gentilezza e coraggio per tutti nel regno.

Il Pianeta dei Colori

I n un lontano sistema solare, c'era un pianeta chiamato Cromia, dove tutti i colori del mondo prendevano vita. Ogni colore aveva una personalità unica e trascorreva il suo tempo esplorando il pianeta e diffondendo gioia tra gli abitanti.

Ma un giorno, qualcosa di strano accadde. Il colore principale del pianeta, il Rosso, iniziò a sentirsi superiore agli altri colori. Cominciò a imporre la sua volontà su di loro, dicendo che solo il Rosso aveva il diritto di essere il colore dominante.

Gli altri colori, come il Blu, il Giallo e il Verde, si sentirono tristi e oppressi. Erano convinti che la loro diversità fosse importante e che tutti i colori dovessero vivere in armonia. Decisero di cercare aiuto dal più saggio tra loro, il Vecchio Viola.

Il Vecchio Viola aveva vissuto molte esperienze e aveva visto il potere della diversità e dell'unità. Ascoltò attentamente le preoccupazioni degli altri colori e decise di aiutarli. Riunì tutti i colori in una grande assemblea e parlò al Rosso.

"Caro Rosso," disse il Vecchio Viola, "nessun colore è migliore di un altro. Ognuno di noi ha un ruolo importante nel rendere il nostro pianeta un luogo vivace e unico. Dobbiamo abbracciare la diversità e lavorare insieme per creare un mondo più bello."

Il Rosso, inizialmente, era restio a cambiare le sue convinzioni. Ma vedendo la determinazione e la gentilezza degli altri colori, cominciò a comprendere il valore della diversità. Accettò le scuse degli altri colori e chiese perdono per il suo comportamento.

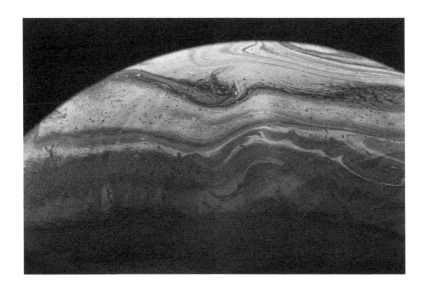

Da quel giorno, Cromia tornò a essere un pianeta armonioso e pieno di gioia. Tutti i colori lavoravano insieme, mescolandosi per creare nuove sfumature e combinazioni uniche. Il pianeta risplendeva di una bellezza ancora più grande, grazie alla diversità dei colori che coesistevano in armonia.

Morale della storia: La diversità è una forza, non una debolezza. L'unità e il rispetto per le differenze possono portare a una maggiore bellezza e armonia nel mondo.

E così, il pianeta dei colori imparò che la diversità era il suo vero tesoro, e che solo lavorando insieme potevano rendere il mondo più brillante e straordinario.

Il Piccolo Alchimista e la Pietra della Gentilezza

In un piccolo villaggio circondato da colline verdi e campi fioriti, viveva un giovane alchimista di nome Leo. Leo era noto in tutto il villaggio per le sue abilità nella creazione di pozioni magiche e oggetti incantevoli. Ma c'era qualcosa che Leo desiderava ancora di più: la pietra della gentilezza.

Si diceva che la pietra della gentilezza fosse un oggetto magico che aveva il potere di diffondere gentilezza ovunque andasse. Era nascosta in un luogo segreto e inaccessibile, protetta da incantesimi antichi.

Leo aveva sentito parlare della pietra della gentilezza fin da quando era un bambino e aveva deciso di trovarla. Cominciò un lungo viaggio alla ricerca di indizi e segreti per raggiungere la pietra.

Il suo viaggio lo portò attraverso foreste dense, fiumi scintillanti e montagne imponenti. Incontrò creature magiche e gentili che gli offrirono aiuto e consigli. Leo li ringraziò con gentilezza e proseguì il suo cammino.

Dopo mesi di viaggio, Leo arrivò finalmente al luogo segreto dove si diceva fosse nascosta la pietra della gentilezza. Era una grotta incantevole illuminata da luci soffuse. Al centro della grotta, c'era una pietra luccicante con un riflesso gentile.

Mentre Leo si avvicinava alla pietra, sentì un calore gentile che emanava dalla roccia. La pietra gli sussurrò parole di saggezza sulla gentilezza e sull'importanza di diffonderla in tutto il mondo.

Leo prese la pietra della gentilezza e, con un sorriso, tornò al suo villaggio. Lì, cominciò a condividere il potere della pietra, diffondendo la gentilezza tra gli abitanti del villaggio. La gente del villaggio imparò a essere più gentile l'una con l'altra e con la natura circostante.

Morale della storia: La gentilezza è un tesoro magico che può trasformare il mondo. Anche il più piccolo atto di gentilezza può fare una grande differenza nella vita delle persone.

E così, Leo il piccolo alchimista e la pietra della gentilezza insegnarono al villaggio l'importanza della gentilezza, diffondendo amore e armonia in tutto il loro mondo. La gentilezza era diventata la loro più grande ricchezza.

Il Bosco delle Parole Magiche

I n un bosco incantato, dove gli alberi avevano foglie d'argento e gli animali parlavano, viveva una bambina di nome Sofia. Sofia era una bambina curiosa e desiderosa di scoprire il mondo. Un giorno, mentre esplorava il bosco, scoprì un luogo straordinario chiamato il "Bosco delle Parole Magiche."

Il Bosco delle Parole Magiche era un luogo in cui ogni parola detta prendeva vita. Se si pronunciava una parola gentile, si trasformava in una luce scintillante. Se si pronunciava una parola arrabbiata, si trasformava in un nuvolone oscuro. Sofia rimase affascinata da questo luogo e decise di usarlo per diffondere gentilezza. Cominciò a dire parole gentili e amorevoli nel bosco, creando scintillanti luci di colori vivaci. Le luci si diffondevano nel bosco e portavano gioia a tutti gli abitanti, dai piccoli animali alle piante. Il bosco era un luogo di felicità grazie alle parole gentili di Sofia.

Un giorno, mentre camminava nel bosco, Sofia sentì un lamento provenire da un albero. Era un albero solitario e triste, che sembrava essere stato dimenticato da tutti. Sofia si avvicinò e disse parole gentili all'albero, raccontandogli storie di bellezza e amore. Le parole gentili di Sofia trasformarono l'albero solitario. Le sue foglie tornarono a brillare e i suoi rami si riempirono di fiori. L'albero sorrise a Sofia e le disse quanto fosse grato per la sua gentilezza.

Morale della storia: Le parole hanno un potere magico. Le parole gentili possono portare gioia e felicità, mentre le parole crude possono ferire e creare tristezza. Scegliere le parole con attenzione è importante.

E così, Sofia continuò a visitare il Bosco delle Parole Magiche e a diffondere gentilezza ovunque andasse. Il bosco divenne un luogo di gioia e amore, grazie al suo cuore gentile e alle sue parole magiche.

La Stella del Desiderio

I n una notte stellata, in un piccolo villaggio ai piedi di una montagna maestosa, viveva una bambina di nome Elisa. Elisa era conosciuta in tutto il villaggio per il suo spirito gentile e il suo desiderio più grande era vedere una vera stella cadente.

Un giorno, il vecchio saggio del villaggio le raccontò della leggenda della "Stella del Desiderio", una stella cadente speciale che, si diceva, aveva il potere di avverare un desiderio. Ma la Stella del Desiderio appariva solo una volta ogni cent'anni, e la prossima apparizione era prevista proprio quella notte. Elisa era emozionata all'idea di vedere la Stella del Desiderio e fare un desiderio speciale. Si sedette fuori nel buio della notte, fissando il cielo stellato. Aspettò pazientemente e, finalmente, la stella cadente apparve, illuminando il cielo con la sua scia luminosa.

Con il cuore pieno di speranza, Elisa fece il suo desiderio segreto. Desiderava che tutti nel suo villaggio fossero felici e in salute. Mentre pronunciava il desiderio nel suo cuore, la Stella del Desiderio scese dolcemente dal cielo e sembrò toccare la sua fronte con una luce dorata. Il giorno successivo, il villaggio si risvegliò con una sensazione di gioia e benessere. Le persone erano felici e gentili l'una con l'altra. I malati guarirono miracolosamente e le difficoltà sembrarono svanire. Tutti sapevano che qualcosa di speciale era accaduto durante la notte. Elisa era felice di vedere il suo villaggio in festa, ma mantenne il suo desiderio segreto. Era convinta che la gentilezza e l'amore che aveva nel cuore avevano contribuito a portare tanta gioia al suo villaggio.

Morale della storia: La gentilezza e l'amore possono essere come una Stella del Desiderio, in grado di portare felicità agli altri e cambiare il mondo intorno a noi.

E così, il villaggio di Elisa continuò a prosperare, grazie alla gentilezza nel cuore di ogni abitante. La Stella del Desiderio aveva lasciato una lezione preziosa, insegnando che il desiderio più grande di tutti era vedere gli altri felici.

Il Piccolo Pesciolino con il Cuore d'Oro

I n un mare profondo e misterioso, viveva un piccolo pesciolino di nome Marco. Marco era diverso dagli altri pesci: aveva una squama dorata sul fianco che formava un cuore perfetto. Questo cuore dorato brillava con una luce gentile e calda.

Marco era noto in tutto il mare per la sua gentilezza e la sua capacità di aiutare gli altri. Quando un pesce era in difficoltà o un'amica aveva bisogno di conforto, Marco era sempre lì, pronto ad aiutare con un sorriso.

Un giorno, mentre nuotava nei pressi di un barriera corallina, Marco vide un pesce ferito che si stava dimenando nella rete di un pescatore. Senza esitare, si avvicinò e con le sue piccole pinne tentò di liberare il pesce intrappolato.

Dopo molti sforzi, Marco riuscì finalmente a liberare il pesce dalla rete. Il pesce ferito gli disse: "Grazie, Marco, per avermi salvato. Sei veramente un amico gentile."

Marco sorrise e disse: "La gentilezza è il mio modo di essere. Aiutare gli altri mi rende felice."

Le notizie della gentilezza di Marco si diffusero in tutto il mare. Gli altri pesci venivano da lui per chiedere consigli e aiuto, e Marco li assisteva sempre con gentilezza e amore.

Un giorno, un pesce stanco e affamato si avvicinò a Marco e disse: "Ho sentito parlare della tua gentilezza. Ho viaggiato per giorni alla ricerca di cibo, ma non ho trovato nulla. Posso chiedere il tuo aiuto?"

Marco non esitò a condividere il suo cibo con il pesce affamato. Mentre mangiavano insieme, il cuore dorato di Marco brillava ancora di più. Si rese conto che la gentilezza poteva essere condivisa con tutti, anche con gli estranei.

Marco non esitò a condividere il suo cibo con il pesce affamato. Mentre mangiavano insieme, il cuore dorato di Marco brillava ancora di più. Si rese conto che la gentilezza poteva essere condivisa con tutti, anche con gli estranei.

Morale della storia: La gentilezza è un tesoro che può essere condiviso con tutti, anche con chi non conosciamo. Anche il più piccolo gesto di gentilezza può fare la differenza nella vita degli altri.

E così, Marco il pesciolino con il cuore d'oro continuò a diffondere la gentilezza in tutto il mare, ispirando gli altri a fare lo stesso. Il suo cuore gentile e il suo amore per gli altri erano la sua più grande ricchezza.

La Foresta delle Farfalle Magiche

In una foresta incantata, dove gli alberi erano alti come montagne e i fiori brillavano di colori iridescenti, viveva una bambina di nome Sofia. Sofia amava esplorare la foresta e aveva un affetto speciale per le farfalle.

Un giorno, mentre camminava nella foresta, trovò un libro antico nascosto tra le radici di un albero. Il libro conteneva storie di farfalle magiche che avevano il potere di avverare desideri. Sofia era affascinata da queste storie e decise di cercare una di queste farfalle magiche. Passò giorni esplorando la foresta, cercando farfalle dai colori più vivaci. Ma le farfalle che incontrava sembravano comuni e non avevano il potere di avverare desideri. Sofia non si arrese e continuò la sua ricerca con un cuore gentile. Un giorno, mentre era intenta a cercare, trovò una farfalla con ali di un colore mai visto prima. Era una farfalla magica! Sofia con gentilezza e rispetto si avvicinò alla farfalla e le chiese se poteva esprimere un desiderio. La farfalla magica accettò e Sofia espose il suo desiderio più grande: voleva che la foresta fosse sempre un luogo sicuro e prospero per tutti gli animali e le creature che vi abitavano.

La farfalla magica scosse le ali e un bagliore dorato si diffuse attraverso la foresta. Sofia tornò a casa, sperando che il suo desiderio si fosse avverato. Nei giorni seguenti, Sofia vide la foresta trasformarsi. Gli alberi crescettero ancora più alti, i fiori emanarono profumi ancora più dolci e gli animali sembravano vivere in armonia. La foresta era davvero un luogo magico e protetto.

Morale della storia: La gentilezza e il rispetto per la natura possono portare a un mondo migliore per tutti. Ogni piccolo gesto di cura può avere un impatto positivo sulla nostra terra e sulla vita che la abita.

E così, la Foresta delle Farfalle Magiche divenne un luogo di meraviglia e protezione, grazie alla gentilezza e all'amore di Sofia per la natura. La sua storia ispirò gli altri a prendersi cura della foresta e delle creature che vi abitavano.

Il Piccolo Contadino e la Pietra della Generosità

In un piccolo villaggio circondato da campi verdi e colline lussureggianti, viveva un giovane contadino di nome Luca. Luca era noto in tutto il villaggio per la sua generosità. Non importava quanto poco avesse, era sempre pronto a condividere ciò che aveva con chiunque avesse bisogno.

Un giorno, mentre stava lavorando nel suo campo, Luca scoprì una pietra brillante e scintillante. Era diversa da qualsiasi altra pietra che avesse mai visto. La pietra emanava una luce dorata e sembrava essere stata plasmata dalla generosità stessa.

Luca prese la pietra e decise di portarla con sé. Scoprì che quando teneva la pietra, si sentiva ancora più incline a fare atti di generosità. Cominciò a condividere il raccolto del suo campo con i vicini, aiutò gli anziani a portare il legno a casa e diede cibo agli animali affamati.

Le notizie della generosità di Luca si diffusero rapidamente nel villaggio. Le persone venivano da lui in cerca di aiuto, e Luca non esitava mai a tendere loro una mano. La pietra della generosità sembrava amplificare il suo desiderio di aiutare gli altri.

Un giorno, un viaggiatore affamato arrivò al villaggio. Era esausto e non aveva nulla da mangiare. Luca, con il suo cuore generoso, condivise il suo cibo con il viaggiatore e gli offrì un posto dove riposare.

Il viaggiatore, commosso dalla gentilezza di Luca, gli disse: "Hai un cuore d'oro, Luca. La tua generosità è un vero tesoro."

Luca sorrise e disse: "La generosità è il mio modo di essere. È ciò che mi rende felice."

La pietra della generosità continuò a brillare nelle mani di Luca, ma lui sapeva che la vera ricchezza non stava nella pietra, ma nel suo cuore generoso.

Morale della storia: La generosità può arricchire il nostro cuore più di qualsiasi tesoro materiale. Condividere con gli altri porta gioia sia a chi dà che a chi riceve.

E così, Luca il piccolo contadino continuò a diffondere la generosità nel suo villaggio, ispirando gli altri a fare lo stesso. La sua storia era un esempio luminoso del potere della generosità nell'arricchire la vita di tutti.

La Stella dei Sogni

I n un piccolo paese circondato da campi verdi e montagne imponenti, viveva una bambina di nome Mia. Mia aveva un grande amore per le stelle e ogni notte si addormentava guardando il cielo stellato dalla finestra della sua stanza.

Un giorno, mentre Mia passeggiava in campagna, trovò una piccola stella caduta dal cielo. Era una stella speciale, diversa da qualsiasi altra. Era luminosa e scintillante, ma sembrava stanca e triste. Mia raccolse la stella con gentilezza e la portò a casa con sé. La sistemò in una scatola dorata e le disse: "Non preoccuparti, piccola stella. Sarai al sicuro qui e tornerai a splendere." Ogni sera, Mia parlava alla stella prima di andare a letto. Le raccontava i suoi sogni e speranze più profondi. La stella, pur essendo stanca, ascoltava con attenzione e sembrava diventare sempre più luminosa.

Con il passare del tempo, la stella iniziò a brillare sempre di più. Le sue scintille riempirono la stanza di Mia e si diffusero attraverso la finestra. La stella aveva ritrovato la sua energia e splendeva con uno splendore magico. Una notte, mentre Mia osservava la stella dal suo letto, vide qualcosa di straordinario. La stella iniziò a trasformarsi in una cascata di luce dorata che si alzò sopra di lei. La cascata di luce sembrava danzare nel cielo notturno. Mia capì che la stella stava realizzando i suoi desideri. Si sentiva avvolta dall'amore e dalla magia della stella. Si addormentò con un sorriso sulle labbra, sapendo che i suoi sogni stavano per avverarsi.

Morale della storia: I sogni possono diventare realtà quando li condividiamo con il cuore. Anche le stelle possono risplendere di nuovo quando ricevono gentilezza e amore.

E così, Mia e la stella dei sogni dimostrarono che i desideri possono avverarsi quando si condividono con gentilezza e amore. La loro storia divenne una leggenda nel paese, ispirando tutti a seguire i propri sogni con il cuore.

43

Il Bosco dei Sorrisi Perduti

In un bosco incantato, dove gli alberi avevano foglie d'argento e gli animali parlavano, c'era un luogo misterioso chiamato il "Bosco dei Sorrisi Perduti". Si diceva che questo bosco fosse abitato da creature speciali chiamate "Gioiosi" che avevano il compito di raccogliere i sorrisi delle persone e conservarli con cura.

Un giorno, una bambina di nome Anna si addentrò nel Bosco dei Sorrisi Perduti. Era triste e aveva perso il suo sorriso a causa delle preoccupazioni e dei problemi della vita. Anna sperava che in quel bosco magico avrebbe potuto ritrovare il suo sorriso. Mentre camminava tra gli alberi, incontrò un piccolo Gioioso con ali dorate. Il Gioioso notò la tristezza negli occhi di Anna e si avvicinò con gentilezza. Le chiese: "Perché sei triste, cara bambina?" Anna raccontò al Gioioso tutte le preoccupazioni e i problemi che aveva nella sua vita. Il Gioioso l'ascoltò attentamente e disse: "Nel Bosco dei Sorrisi Perduti, abbiamo il potere di donare sorrisi alle persone. Saresti disposta a ricevere un sorriso da noi?" Anna annuì con gratitudine, e il Gioioso iniziò a cantare una melodia magica. La melodia sembrava risuonare nell'aria e avvolgere Anna con calore e gioia. Quando il canto finì, Anna sentì il suo viso illuminarsi con un sorriso radiante. Il Gioioso le disse: "Il tuo sorriso è ora custodito nel nostro Bosco dei Sorrisi Perduti. Ma ricorda che puoi sempre tornare qui per ritrovare la gioia ogni volta che ne hai bisogno." Anna ringraziò il Gioioso e se ne andò dal bosco, portando con sé il suo sorriso ritrovato. Ogni volta che si sentiva triste, pensava al Bosco dei Sorrisi Perduti e al sorriso che aveva ricevuto.

Morale della storia: Anche nei momenti più difficili, possiamo ritrovare la gioia e il sorriso grazie alla gentilezza degli altri e al potere della natura.

E così, il Bosco dei Sorrisi Perduti continuò a diffondere felicità e sorrisi a coloro che avevano bisogno di un raggio di luce nella loro vita. La sua leggenda ispirò molti a cercare la gioia anche nei momenti bui.

La Principessa e il Drago della Gentilezza

In un lontano regno, sorgeva un maestoso castello circondato da colline verdi e fiori colorati. Il castello era governato da un re gentile e una regina amorevole. Avevano una figlia di nome Isabella, una principessa con un cuore luminoso e gentile.

Ma oltre le colline del castello, in una caverna oscura, viveva un drago terribile chiamato Malvagio. Malvagio era conosciuto in tutto il regno per il suo comportamento crudele. Ogni tanto, usciva dalla sua caverna e scagliava fiamme distruttive sulle terre circostanti.

Il re e la regina erano disperati, e il regno era in preda al terrore del drago. La principessa Isabella, nonostante la sua giovane età, era determinata a trovare una soluzione. Sapeva che doveva fermare il drago e riportare la pace nel regno.

Un giorno, mentre passeggiava nel giardino del castello, Isabella incontrò una vecchia donna con un bastone. La donna aveva un aspetto misterioso e le disse: "Principessa Isabella, ho sentito parlare del tuo desiderio di sconfiggere il drago Malvagio. Posso aiutarti a trovare la chiave per la sua gentilezza."

Isabella, con speranza negli occhi, accettò l'aiuto della vecchia donna. La donna le consegnò una mappa magica che indicava una foresta incantata dove si diceva che si nascondesse la chiave per la gentilezza del drago.

Isabella si mise in cammino verso la foresta incantata, accompagnata da un coraggioso cavaliere di nome Alessio. Attraversarono fitte foreste, guadarono fiumi impetuosi e sfidarono creature magiche. Alla fine, giunsero a un albero maestoso al centro della foresta.

Sull'albero c'era un nido con un uovo d'oro. Isabella e Alessio presero l'uovo e si resero conto che era la chiave per la gentilezza di Malvagio. Dovevano portare l'uovo al castello del drago e cercare di far rinascere la sua gentilezza.

Nascosti dall'ombra delle colline, arrivarono al castello del drago. Trovarono Malvagio, un drago enorme con occhi spietati. Isabella si avvicinò con gentilezza e disse: "Malvagio, abbiamo qualcosa per te. Questo uovo d'oro può riportare la gentilezza nel tuo cuore."

Il drago Malvagio, sorpreso dalla gentilezza di Isabella, accettò l'uovo d'oro con curiosità. Mentre teneva l'uovo tra le zampe, un calore gentile lo avvolse e i suoi occhi spietati si ammorbidirono.

Il drago iniziò a cambiare. La sua pelle nera divenne dorata, e le sue fiamme ardenti si trasformarono in fiammelle calde e accoglienti. Ora, il drago aveva un cuore gentile e il desiderio di fare amicizia con Isabella e Alessio.

Morale della storia: Anche le creature più spaventose possono trovare la gentilezza nei loro cuori, se vengono affrontate con amore anziché paura.

E così, il regno conobbe la gentilezza del drago Malvagio, e il terrore che una volta aveva portato si trasformò in amicizia e armonia. Isabella e Alessio avevano dimostrato che la gentilezza e il coraggio possono cambiare il mondo, anche quando si tratta di creature leggendarie come i draghi.

La Principessa e la Strega delle Emozioni

In un regno incantato, circondato da foreste misteriose e montagne maestose, c'era un castello reale. All'interno del castello, viveva una giovane principessa di nome Aurora. Aurora era conosciuta per il suo sorriso radiante e la sua gioia contagiosa. Il suo regno era un luogo felice, e tutti lo amavano.

Ma un giorno, una strega malvagia di nome Morgana arrivò nel regno. Morgana era conosciuta per il suo potere di manipolare le emozioni delle persone. Con uno sguardo maligno e una pozione misteriosa, poteva trasformare la felicità in tristezza e la gioia in paura.

Morgana era gelosa della felicità del regno di Aurora e decise di lanciare un incantesimo sul regno per portare tristezza e disperazione ovunque. Le persone iniziarono a piangere e il castello reale perse il suo splendore.

Aurora, con il cuore spezzato, decise di affrontare la strega Morgana. Indossò una corona d'argento e partì alla ricerca della strega con il desiderio di riportare la felicità nel suo regno.

Dopo un lungo viaggio attraverso foreste oscure e caverne misteriose, Aurora incontrò Morgana in un bosco senza tempo. La strega rideva maliziosamente mentre lanciava il suo incantesimo oscuro. Ma Aurora non si lasciò abbattere.

Con gentilezza e compassione, Aurora disse a Morgana: "So che in fondo al tuo cuore c'è dolore e tristezza. Non devi usare la magia per ferire gli altri. Insieme possiamo trovare la gioia e la felicità."

Le parole gentili di Aurora toccarono il cuore della strega Morgana. L'incantesimo oscuro si dissolse e la strega scoppiò in lacrime. Si rese conto che il suo desiderio di felicità era stato travisato dalla sua sete di potere.

Aurora e Morgana sedettero insieme sotto un albero e parlarono delle loro vite e dei loro desideri. Aurora aiutò Morgana a trovare la felicità attraverso la gentilezza e la condivisione delle emozioni. Morgana si scusò per il male che aveva causato e promise di usare la magia per il bene.

Morale della storia: La gentilezza e la comprensione possono trasformare persino le persone più malvagie. Ogni persona ha bisogno di amore e felicità nel proprio cuore.

E così, il regno di Aurora tornò a risplendere di felicità, e Morgana divenne una nuova amica, con un cuore pieno di gentilezza. La loro storia dimostrava che l'amore e la comprensione avevano il potere di trasformare anche la magia più oscura.

La Principessa e la Strega dell'Amicizia

In un regno incantato, in cui fiori dai colori vivaci adornavano le strade e gli uccelli cantavano melodie incantevoli, viveva una giovane principessa di nome Elena. Elena era conosciuta per la sua gentilezza e la sua generosità. Amava passeggiare nei giardini del castello e parlare con gli animali della foresta. Ma un giorno, una strega solitaria di nome Valeria si trasferì nella foresta vicina al castello di Elena. Valeria era conosciuta per la sua pelle pallida, i capelli neri come la notte e il suo potere di allontanare le persone con la sua cattiveria. Viveva da sola in una capanna oscura e passava le sue giornate in solitudine. Un giorno, Elena decise di esplorare la foresta e incontrò la capanna di Valeria. Con il cuore aperto, bussò alla porta e disse: "Sono la principessa Elena. Ho sentito dire che vivi qui sola, e ho pensato che potremmo diventare amiche." Valeria, sorpresa da questa visita inaspettata, aprì la porta e permise a Elena di entrare. Iniziarono a parlare e scoprirono che avevano molte cose in comune. Entrambe amavano la natura e avevano sogni e desideri nel cuore. Nel corso delle settimane, Elena visitò spesso Valeria. Le portava cibo e fiori e condivideva le storie del suo regno. Valeria, lentamente, iniziò a sciogliersi e a sentirsi meno sola. Iniziò a vedere il bene nel mondo e a capire che l'amicizia poteva portare gioia e felicità. Un giorno, Valeria disse a Elena: "Grazie per la tua gentilezza e la tua amicizia. Ho imparato che non devo essere cattiva per essere felice.". Elena sorrise e rispose: "L'amicizia è un tesoro prezioso. Insieme possiamo diffondere gentilezza e amore nel mondo."

Morale della storia: L'amicizia può trasformare anche il cuore più solitario. La gentilezza e la comprensione possono portare gioia e felicità nella vita di tutti.

E così, Elena e Valeria divennero amiche inseparabili. La loro amicizia dimostrò che anche le persone più diverse possono trovare un legame speciale quando condividono gentilezza e amore.

La Principessa e la Strega del Coraggio

In un regno lontano, dove le montagne si innalzavano verso il cielo e i fiumi scorrevano cristallini, c'era una giovane principessa di nome Elara. Elara era nota in tutto il regno per la sua gentilezza e la sua determinazione. Amava esplorare le terre selvagge intorno al castello e aveva un amore speciale per la lettura.

Ma un giorno, una strega oscura di nome Selena arrivò nel regno. Selena era conosciuta per il suo potere di far pietrificare le persone con la paura. La sua presenza portò terrore e oscurità nel regno di Elara. Gli abitanti del regno erano spaventati, e persino Elara iniziò a sentirsi ansiosa.

Un giorno, mentre camminava nei giardini del castello, Elara vide un fiore magico. Era un fiore dorato con petali delicati che sembravano emanare coraggio. Elara lo raccolse e si accorse che la sua paura svaniva lentamente. Decise di cercare la sorgente di questo coraggio e scoprire come sconfiggere Selena.

Elara si mise in cammino attraverso foreste oscure e montagne ripide, guidata dal coraggio del fiore magico. Durante il suo viaggio, incontrò creature magiche e persone coraggiose che l'ispirarono. Capì che il coraggio non significava non avere paura, ma affrontare le paure con gentilezza e determinazione.

Finalmente, giunse al covo di Selena, una caverna oscura e sinistra. Selena la affrontò con uno sguardo malefico e cercò di farla pietrificare dalla paura. Ma Elara si concentrò sul coraggio che aveva raccolto durante il suo viaggio.

Con gentilezza e compassione, Elara disse a Selena: "So che in fondo al tuo cuore c'è paura e solitudine. Non devi usare il male per sentirti forte. Insieme possiamo trovare un modo per liberarti dalla tua paura."

Selena, colpita dalla gentilezza di Elara, abbassò lo sguardo e ammise la sua paura. In quel momento, la magia oscura di Selena si dissolse e la caverna si riempì di luce.

Selena e Elara parlavano delle loro vite e dei loro desideri. Selena aveva paura di essere sola, ma ora aveva un'amica che la comprendeva. Promisero di aiutarsi a vicenda a superare le paure e a vivere una vita migliore.

Morale della storia: La gentilezza e la compassione possono trasformare anche il cuore più oscuro. Il coraggio sta nell'affrontare le paure con amore.

E così, il regno di Elara tornò a risplendere di gioia e coraggio. La sua amicizia con Selena dimostrò che la gentilezza poteva portare la luce anche nelle situazioni più oscure.

La Principessa e la Strega dell'Empatia

I n un regno incantato, dove fiori profumati crescevano ovunque e gli animali vivevano in armonia, c'era una principessa di nome Livia. Livia era amata da tutti nel regno per la sua gentilezza e la sua capacità di comprendere gli altri. Trascorreva spesso il suo tempo nei boschi, dove parlava con gli animali e ascoltava le loro storie.

Un giorno, una strega solitaria chiamata Seraphina arrivò nel regno. Seraphina era conosciuta per la sua abilità di separare le persone dalle loro emozioni, facendole sentire vuote e insensibili. La sua magia aveva il potere di causare tristezza e disperazione in tutto il regno. Quando Livia venne a conoscenza dell'arrivo di Seraphina e dei suoi poteri malvagi, decise di affrontarla. Si mise in cammino attraverso le terre incantate, accompagnata da un piccolo uccellino che le aveva promesso aiuto. Durante il suo viaggio, Livia incontrò persone che erano state colpite dalla magia di Seraphina. Riuscì a condividere la sua gentilezza con loro, aiutandoli a ritrovare le loro emozioni e il coraggio di affrontare la strega.

Finalmente, giunse alla dimora di Seraphina, una torre alta e oscura avvolta da nuvole tempestose. Seraphina la sfidò con uno sguardo freddo, cercando di utilizzare la sua magia per privare Livia delle sue emozioni. Ma Livia si aggrappò alla sua empatia.

Con gentilezza e comprensione, Livia disse a Seraphina: "So che in fondo al tuo cuore c'è solitudine e dolore. Non devi ferire gli altri per sentirti importante. Insieme possiamo trovare un modo per guarire le tue ferite interiori."

Seraphina, sorpresa dalla gentilezza di Livia, si fermò e rifletté. Si rese conto che aveva scelto la strada della solitudine e della malvagità a causa delle sue ferite passate. Accettò l'offerta di Livia di amicizia e aiuto.

Le due donne lavorarono insieme per invertire la magia di Seraphina. Con l'empatia di Livia, Seraphina riuscì a comprendere e a condividere le emozioni degli altri. La sua magia malvagia si trasformò in magia curativa e le nuvole tempestose intorno alla torre si dissolsero.

Morale della storia: L'empatia e la comprensione possono guarire anche i cuori più feriti. La gentilezza può trasformare la malvagità in amore.

E così, il regno tornò a essere un luogo di gioia e amore. L'amicizia tra Livia e Seraphina dimostrò che la gentilezza poteva sconfiggere la malvagità e che l'empatia poteva portare la guarigione ai cuori feriti.

La Principessa e la Strega dell'Armonia

In un regno lontano, circondato da montagne maestose e foreste lussureggianti, viveva una giovane principessa di nome Sofia. Sofia era nota in tutto il regno per la sua passione per la musica e la sua voce incantevole. Il suono delle sue canzoni portava gioia e armonia ovunque andasse.

Ma un giorno, una strega malvagia di nome Zephyra arrivò nel regno. Zephyra era conosciuta per il suo potere di seminare discordia e conflitto ovunque andasse. Usava la sua magia per creare litigi e conflitti tra le persone, spezzando l'armonia del regno di Sofia.

Quando Sofia venne a conoscenza della strega Zephyra e dei suoi poteri malvagi, decise di affrontarla. Si mise in viaggio attraverso le terre del regno, portando con sé il suo liuto magico e la sua voce melodiosa.

Durante il suo viaggio, Sofia incontrò persone che erano state coinvolte nei conflitti creati da Zephyra. Cantò canzoni di pace e amore, riunendo cuori spezzati e ristabilendo l'armonia tra di loro.

Finalmente, giunse al covo di Zephyra, una torre nera avvolta da nuvole minacciose. Zephyra cercò di usare la sua magia per seminare discordia tra Sofia e i suoi amici, ma Sofia cantò una canzone di unità e amore.

Con gentilezza e melodia, Sofia disse a Zephyra: "So che in fondo al tuo cuore c'è un desiderio di armonia. Non devi usare il male per sentirlo. Insieme possiamo trovare un modo per riportare l'armonia nel regno."

Zephyra, colpita dalla gentilezza di Sofia e dalla bellezza della sua musica, accettò l'offerta di aiuto. Le due donne iniziarono a lavorare insieme per invertire la magia di Zephyra. La torre oscura si riempì di melodia e l'armonia ritornò nel regno.

Morale della storia: La musica e la gentilezza possono trasformare anche il cuore più oscuro. L'armonia può sconfiggere la discordia.

E così, il regno tornò a risplendere di pace e gioia. L'amicizia tra Sofia e Zephyra dimostrò che la gentilezza poteva trasformare il male in bene e che la musica poteva riportare l'armonia anche nei momenti più difficili.

La Principessa e la Strega dell'Equilibrio

In un regno incantato, dove il giorno e la notte erano in perfetto equilibrio, viveva una giovane principessa di nome Serena. Serena era amata da tutti nel regno per la sua gentilezza e il suo desiderio di aiutare gli altri. Si preoccupava profondamente dell'equilibrio tra le forze della natura.

Ma un giorno, una strega misteriosa di nome Nocturna arrivò nel regno. Nocturna era conosciuta per il suo potere di alterare il ciclo giorno-notte, creando confusione tra il regno e facendo scomparire l'equilibrio tra luce e oscurità.

Quando Serena venne a conoscenza della strega Nocturna e dei suoi poteri, decise di affrontarla per ripristinare l'equilibrio nel suo regno. Si mise in cammino attraverso paesaggi diurni e notturni, portando con sé un piccolo orologio magico che rappresentava l'equilibrio tra le forze.

Durante il suo viaggio, Serena incontrò creature magiche e persone che erano state influenzate dal potere di Nocturna. Usò il suo orologio magico per ristabilire l'equilibrio tra luce e oscurità ovunque andasse.

Finalmente, giunse al covo di Nocturna, una caverna sotterranea dove la strega trascorreva le sue giornate. Nocturna cercò di usare il suo potere per immergere Serena nell'oscurità, ma Serena usò il suo orologio magico per creare un cerchio di luce intorno a loro.

Con gentilezza e equilibrio, Serena disse a Nocturna: "So che in fondo al tuo cuore c'è una sete di equilibrio. Non devi distruggere il regno per trovarlo. Insieme possiamo trovare un modo per ripristinare l'armonia tra giorno e notte."

Nocturna, colpita dalla gentilezza di Serena e dalla sua dedizione all'equilibrio, accettò l'offerta di aiuto. Le due donne iniziarono a lavorare insieme per invertire il potere di Nocturna. La caverna si riempì di luce e buio che danzavano in perfetto equilibrio.

Morale della storia: L'equilibrio e la gentilezza possono trasformare anche il cuore più oscuro. L'armonia può sconfiggere il caos.

E così, il regno tornò a essere in perfetto equilibrio tra giorno e notte, grazie all'amicizia tra Serena e Nocturna. La loro storia dimostrò che la gentilezza e l'equilibrio avevano il potere di riportare l'armonia anche nei momenti più caotici.

La Principessa e la Strega della Trasformazione

In un regno incantato, dove i fiori sbocciavano in tutte le stagioni e gli animali parlavano, viveva una giovane principessa di nome Valentina. Valentina era conosciuta per la sua gentilezza e il suo amore per la natura. Era solita passeggiare nei giardini del castello, dove ogni creatura le sorrideva.

Ma un giorno, una strega enigmatica di nome Lucinda arrivò nel regno. Lucinda era conosciuta per il suo potere di trasformare le persone in animali o oggetti. Usava questa magia per divertimento, portando caos e confusione ovunque andasse.

Quando Valentina venne a conoscenza della strega Lucinda e dei suoi poteri, decise di affrontarla per fermare la sua magia malvagia e riportare la normalità nel regno. Si mise in cammino attraverso paesaggi incantati, portando con sé uno specchio magico che rappresentava la vera essenza delle persone.

Durante il suo viaggio, Valentina incontrò persone e creature che erano state trasformate da Lucinda. Usò lo specchio magico per mostrare loro la loro vera natura e risvegliare la gentilezza e l'amore nei loro cuori.

Finalmente, giunse alla dimora di Lucinda, una torre alta e misteriosa. Lucinda cercò di usare la sua magia per trasformare Valentina in una creatura insignificante, ma Valentina resistette e mostrò a Lucinda il riflesso nel suo specchio magico.

Con gentilezza e compassione, Valentina disse a Lucinda: "So che in fondo al tuo cuore c'è solitudine e insicurezza. Non devi ferire gli altri per sentirti potente. Insieme possiamo trovare un modo per liberarti dalla tua magia oscura e trovare la tua vera essenza."

Lucinda, colpita dalla gentilezza di Valentina e dalla sua comprensione, accettò l'offerta di aiuto. Le due donne iniziarono a lavorare insieme per invertire il potere di Lucinda. La torre oscura si riempì di luce e le creature trasformate tornarono alla loro forma originale.

Morale della storia: La gentilezza e la comprensione possono trasformare anche il cuore più oscuro. La vera essenza delle persone è sempre buona.

E così, il regno tornò alla normalità, grazie all'amicizia tra Valentina e Lucinda. La loro storia dimostrò che la gentilezza poteva trasformare anche la magia più oscura e che la vera essenza delle persone era sempre luminosa e amorevole.

La Principessa e la Strega del Perdono

In un regno incantato, dove i fiori danzavano al vento e gli animali parlavano, viveva una giovane principessa di nome Isabella. Isabella era amata da tutti per la sua gentilezza e il suo cuore compassionevole. Ogni giorno, si avventurava nei boschi per aiutare gli animali feriti e ascoltare le loro storie. Ma un giorno, una strega vendicativa di nome Malvina arrivò nel regno. Malvina era conosciuta per il suo potere di trasformare gli oggetti in pietra con un semplice tocco. Usava questa magia per vendicarsi di coloro che credeva l'avessero ferita. Quando Isabella venne a conoscenza della strega Malvina e dei suoi poteri, decise di affrontarla per aiutarla a trovare la via del perdono. Si mise in cammino attraverso i boschi incantati, portando con sé un ramo d'ulivo, simbolo di pace e riconciliazione. Durante il suo viaggio, Isabella incontrò persone e creature che erano state trasformate in pietra da Malvina. Usò il ramo d'ulivo per sfiorare le loro spalle e trasformare la pietra in carne e sangue.

Ogni volta che faceva ciò, pronunciava le parole del perdono. Finalmente, giunse alla dimora di Malvina, una dimora oscura nascosta tra le rocce. Malvina cercò di trasformare Isabella in pietra con la sua magia vendicativa, ma Isabella le offrì il ramo d'ulivo e disse con gentilezza: "So che in fondo al tuo cuore c'è dolore e rabbia. Non devi vendicarti per guarire le tue ferite. Insieme possiamo trovare il perdono." Malvina, sorpresa dalla gentilezza di Isabella, abbassò la mano e pianse lacrime amare. Accettò l'offerta di aiuto di Isabella e si lasciò sfiorare dal ramo d'ulivo. Lentamente, la magia vendicativa si dissolse e la dimora oscura si illuminò.

Morale della storia: Il perdono e la gentilezza possono trasformare anche il cuore più vendicativo. La riconciliazione è la chiave per la pace interiore.

E così, il regno conobbe la pace, e Malvina, trasformata dalla gentilezza di Isabella, decise di vivere una vita migliore. La loro storia dimostrò che il perdono poteva guarire le ferite più profonde e portare la pace e la riconciliazione nel cuore delle persone.

La Principessa e la Strega della Speranza

In un regno lontano, dove i cieli erano sempre azzurri e i campi verdi si estendevano all'orizzonte, viveva una giovane principessa di nome Alessia. Alessia era amata da tutti nel regno per la sua gentilezza e la sua generosità. Era conosciuta per il suo motto: "La speranza è la luce che illumina il nostro cammino."

Ma un giorno, una strega oscura di nome Obsidia arrivò nel regno. Obsidia era conosciuta per il suo potere di oscurare la luce del sole e portare la disperazione nei cuori delle persone. La sua magia oscura si diffondeva lentamente, facendo perdere la speranza al regno.

Quando Alessia venne a conoscenza della strega Obsidia e dei suoi poteri malvagi, decise di affrontarla per riportare la speranza e la luce al suo regno. Si mise in cammino attraverso campi oscuri e cieli grigi, portando con sé uno specchio incantato che rifletteva la speranza.

Durante il suo viaggio, Alessia incontrò persone e creature che avevano perso la speranza a causa della magia di Obsidia. Usò lo specchio incantato per mostrar loro un riflesso luminoso della loro speranza interiore e incoraggiarli a lottare per la luce.

Finalmente, giunse alla dimora di Obsidia, una torre nera avvolta da nuvole tempestose. Obsidia cercò di oscurare il cuore di Alessia con la sua magia, ma Alessia tenne alto lo specchio incantato e disse con determinazione: "So che in fondo al tuo cuore c'è paura e solitudine. Non devi oscurare il mondo per sentirti potente. Insieme possiamo riportare la speranza."

Obsidia, colpita dalla determinazione di Alessia e dalla luce dello specchio incantato, abbassò la testa e pianse. Accettò l'offerta di aiuto di Alessia e insieme iniziarono a lottare contro le nuvole tempestose.

Una grande battaglia si scatenò tra la magia oscura di Obsidia e la speranza luminosa di Alessia. Alla fine, la speranza trionfò, e le nuvole tempestose si dissolsero, riportando la luce al regno.

Morale della storia: La speranza e la gentilezza possono sconfiggere anche la magia più oscura. La luce può dissipare le tenebre.

E così, il regno tornò a essere un luogo di luce e speranza, grazie all'amicizia tra Alessia e Obsidia. La loro storia dimostrò che la speranza poteva vincere anche nelle situazioni più oscure e che la gentilezza poteva illuminare il cammino di chiunque.

La Principessa e il Drago del Coraggio

I
n un regno lontano, dove le montagne si erigevano alte e
i fiumi scorrevano rapidi, viveva una giovane principessa
di nome Elisa. Elisa era amata da tutti nel regno per la sua
gentilezza e il suo spirito coraggioso. Era conosciuta per
la sua frase preferita: "Il coraggio è la chiave per ogni
avventura." Ma un giorno, un terribile drago malvagio,
chiamato Drakar, scese dalle montagne e iniziò a seminare
terrore nel regno. Drakar bruciava campi e case, portando
distruzione ovunque andasse. La gente del regno era impaurita
e disperata. Quando Elisa venne a conoscenza dell'arrivo di
Drakar e dei suoi attacchi, decise di affrontare il drago per
difendere il suo regno. Si armò di coraggio, indossò una
corazza scintillante e si mise in cammino verso le montagne
dove si nascondeva il drago. Durante il suo viaggio, Elisa
incontrò persone e creature spaventate dagli attacchi di Drakar.
Li rassicurò e disse loro: "Il coraggio è la chiave per affrontare

le sfide più difficili. Insieme possiamo sconfiggere il drago e riportare la pace." Finalmente, giunse alla tana di Drakar, una caverna oscura e infuocata. Drakar uscì dalla caverna, rugendo e sputando fuoco. Elisa sfidò il drago con coraggio e disse: "So che in fondo al tuo cuore c'è paura e solitudine. Non devi distruggere il regno per sentirti potente. Insieme possiamo trovare un modo per liberarti dalla tua rabbia." Drakar, sorpreso dalla gentilezza e dal coraggio di Elisa, si fermò e rifletté. Accettò l'offerta di aiuto e insieme lavorarono per trovare un modo per placare la rabbia del drago. Drakar smise di distruggere e iniziò a proteggere il regno.

Morale della storia: Il coraggio e la gentilezza possono trasformare persino il cuore di un drago. La comprensione può portare la pace.

E così, il regno tornò a essere un luogo di pace e prosperità grazie all'amicizia tra Elisa e Drakar. La loro storia dimostrò che il coraggio e la gentilezza potevano superare anche le minacce più spaventose e che la comprensione poteva portare la pace anche tra i nemici.

Il Cavaliere e il Malefico Mago

In un regno incantato, dove i castelli si ergevano tra le nuvole e i boschi erano pieni di creature magiche, viveva un giovane cavaliere di nome Alessio. Alessio era noto in tutto il regno per il suo coraggio e la sua lealtà. Era sempre pronto a proteggere gli indifesi e a combattere per la giustizia.

Ma un giorno, un malefico mago di nome Morgrim arrivò nel regno. Morgrim era conosciuto per la sua magia oscura e il suo desiderio di conquistare il regno per il suo potere personale. Lanciò un incantesimo oscuro sul regno, portando terrore e distruzione ovunque andasse.

Quando Alessio venne a conoscenza del mago Morgrim e dei suoi attacchi malvagi, decise di affrontare il mago per liberare il regno dalla sua minaccia. Si preparò per la battaglia, indossando l'armatura più resistente e impugnando la spada più affilata.

Durante il suo viaggio per raggiungere il mago Morgrim, Alessio incontrò abitanti del regno che erano stati colpiti dalla magia oscura del mago. Li rassicurò e disse loro: "Il coraggio e la determinazione possono sconfiggere la più oscura delle magie. Insieme possiamo ristabilire la pace."

Finalmente, giunse alla fortezza di Morgrim, un castello oscuro e minaccioso. Morgrim lo sfidò con la sua magia oscura, cercando di sopraffarlo con incantesimi malefici. Ma Alessio lottò con coraggio e tenacia, rifiutandosi di arrendersi.

Con determinazione e gentilezza, Alessio disse a Morgrim: "So che in fondo al tuo cuore c'è una solitudine e una sete di potere. Non devi distruggere il regno per sentirlo. Insieme possiamo trovare un modo per liberarti dalla tua oscurità e vivere in pace."

Morgrim, sorpreso dalla gentilezza di Alessio e dalla sua offerta di aiuto, si fermò e rifletté. Accettò l'offerta di Alessio e insieme iniziarono a lavorare per invertire la magia oscura. Lentamente, la fortezza oscura si trasformò in un luogo luminoso e il regno tornò alla sua antica bellezza.

Morale della storia: Il coraggio e la gentilezza possono trasformare anche il cuore più oscuro. La comprensione può portare la pace.

E così, il regno tornò a essere un luogo di pace e prosperità grazie all'amicizia tra Alessio e Morgrim. La loro storia dimostrò che il coraggio e la gentilezza potevano superare anche le minacce più oscure e che la comprensione poteva portare la pace anche tra i nemici.

Il Pastore e il Gigante della Gentilezza

In un regno montuoso, dove le pecore pascolavano felici e i fiori selvatici adornavano i prati, viveva un giovane pastore di nome Marco. Marco era noto in tutto il regno per la sua gentilezza e il suo amore per le pecore. Trascorreva le sue giornate a prendersi cura del suo gregge e a cantare canzoni alle stelle.

Ma un giorno, un gigante spietato di nome Gorgo arrivò nel regno. Gorgo era conosciuto per la sua forza sovrumana e il suo desiderio di dominare tutto. Iniziò a terrorizzare il regno, costringendo le persone a fare il suo volere.

Quando Marco venne a conoscenza del gigante Gorgo e dei suoi atti malvagi, decise di affrontarlo per proteggere il suo regno e le sue amate pecore. Prese il suo bastone da pastore e si mise in cammino verso le montagne dove il gigante dimorava.

Durante il suo viaggio, Marco incontrò abitanti del regno che erano stati intimiditi e oppressi dal gigante Gorgo. Li rassicurò e disse loro: "La gentilezza e il coraggio possono superare anche la più grande delle minacce. Insieme possiamo ripristinare la libertà."

Finalmente, giunse alla dimora di Gorgo, una caverna gigantesca tra le montagne. Gorgo lo sfidò con la sua forza mostruosa, cercando di schiacciarlo con la sua mano imponente. Ma Marco resistette con fermezza.

Con gentilezza e determinazione, Marco disse a Gorgo: "So che in fondo al tuo cuore c'è solitudine e tristezza. Non devi dominare gli altri per sentirti importante. Insieme possiamo trovare un modo per liberarti dalla tua cattiveria."

Gorgo, sorpreso dalla gentilezza di Marco e dalla sua offerta di aiuto, si fermò e rifletté. Accettò l'offerta di Marco e insieme iniziarono a lavorare per trovare una soluzione pacifica. Gorgo rinunciò al desiderio di dominare gli altri e tornò alle montagne, dove trovò la sua pace.

Morale della storia: La gentilezza e la determinazione possono trasformare anche il cuore più duro. La comprensione può portare alla pace.

E così, il regno tornò a essere un luogo di libertà e armonia, grazie all'amicizia tra Marco e Gorgo. La loro storia dimostrò che la gentilezza e il coraggio potevano superare anche le minacce più imponenti e che la comprensione poteva portare alla pace anche tra i più potenti.

Il Cavaliere e il Dragone del Destino

In un regno lontano, dove le montagne si stagliavano contro il cielo azzurro e le foreste erano dense e misteriose, viveva un giovane cavaliere di nome Leonardo. Leonardo era noto in tutto il regno per la sua determinazione e il suo spirito indomito. Era destinato a compiere grandi imprese.

Ma un giorno, un dragone leggendario di nome Ignarius risvegliò la sua furia e cominciò a minacciare il regno. Ignarius era conosciuto per il suo potere imponente e il suo desiderio di dominare tutto ciò che lo circondava. La gente del regno era spaventata e in preda al terrore.

Quando Leonardo venne a conoscenza del dragone Ignarius e dei suoi attacchi devastanti, decise di affrontare la bestia per proteggere il suo regno e il suo popolo. Si preparò per la battaglia, indossando l'armatura più resistente e impugnando la spada più affilata.

Durante il suo viaggio per raggiungere il nascondiglio di Ignarius, Leonardo incontrò abitanti del regno che erano stati sfollati e terrorizzati dal dragone. Li rassicurò e disse loro: "La determinazione e il coraggio possono sconfiggere anche la più imponente delle minacce. Insieme possiamo ripristinare la pace."

Finalmente, giunse al covo di Ignarius, una caverna sotterranea oscura e fumante. Ignarius lo attaccò con fiamme ardenti e la sua maestosa presenza. Ma Leonardo resistette con tenacia.

Con determinazione e gentilezza, Leonardo disse a Ignarius: "So che in fondo al tuo cuore c'è il desiderio di onore e rispetto. Non devi distruggere per ottenere ciò che cerchi. Insieme possiamo trovare un modo per vivere in armonia."

Ignarius, sorpreso dalla gentilezza di Leonardo e dalla sua offerta di aiuto, si fermò e rifletté. Accettò l'offerta di Leonardo e insieme iniziarono a cercare un terreno comune. Leonardo aiutò Ignarius a trovare un posto nel regno dove potesse vivere in armonia con gli abitanti.

Morale della storia: La determinazione e la gentilezza possono trasformare anche il cuore più feroce. La comprensione può portare alla coesistenza pacifica.

E così, il regno tornò a essere un luogo di pace e prosperità, grazie all'amicizia tra Leonardo e Ignarius. La loro storia dimostrò che la determinazione e la gentilezza potevano superare anche le minacce più imponenti e che la comprensione poteva portare alla coesistenza pacifica anche tra le creature più temibili.

Il Cavaliere e il Malefico Maghiere

In un regno fantastico, dove i fiumi scorrevano cristallini e i boschi erano abitati da creature incantevoli, viveva un giovane cavaliere di nome Lorenzo. Lorenzo era noto in tutto il regno per la sua saggezza e il suo coraggio. Era sempre pronto a difendere la sua terra e i suoi concittadini.

Ma un giorno, un malefico maghiere di nome Malachite giunse nel regno. Malachite era conosciuto per il suo potere di manipolare le forze oscure e causare caos ovunque andasse. Lanciò incantesimi oscuri che portarono disastri e disgrazie al regno.

Quando Lorenzo venne a conoscenza del maghiere Malachite e dei suoi atti malvagi, decise di affrontarlo per proteggere il suo regno e ripristinare la pace. Si preparò per la battaglia, indossando l'armatura più resistente e impugnando la spada più affilata.

Durante il suo viaggio per raggiungere la torre di Malachite, Lorenzo incontrò abitanti del regno che erano stati colpiti dalla magia oscura del maghiere. Li rassicurò e disse loro: "La saggezza e il coraggio possono sconfiggere anche la più tenebrosa delle magie. Insieme possiamo ristabilire la pace."

Finalmente, giunse alla torre di Malachite, una struttura alta e sinistra avvolta da un alone oscuro. Malachite lo attaccò con incantesimi malefici e tentò di oscurare il suo cuore. Ma Lorenzo resistette con fermezza.

Con saggezza e gentilezza, Lorenzo disse a Malachite: "So che in fondo al tuo cuore c'è un desiderio di comprensione e redenzione. Non devi distruggere per trovare significato. Insieme possiamo trovare un modo per liberarti dall'oscurità che ti avvolge."

Malachite, sorpreso dalla saggezza di Lorenzo e dalla sua offerta di aiuto, si fermò e rifletté. Accettò l'offerta di Lorenzo e insieme iniziarono a cercare un cammino per allontanarsi dalle tenebre. Malachite smise di lanciare incantesimi oscuri e iniziò a studiare le arti magiche in modo positivo.

Morale della storia: La saggezza e la gentilezza possono trasformare anche il cuore più tenebroso. La comprensione può portare alla redenzione.

E così, il regno tornò a essere un luogo di pace e prosperità, grazie all'amicizia tra Lorenzo e Malachite. La loro storia dimostrò che la saggezza e la gentilezza potevano superare anche le magie più oscure e che la comprensione poteva portare alla redenzione anche nei momenti più bui.

Il Guerriero e il Mostro delle Ombre

In un mondo avvolto dalle tenebre, dove la luce era appena un ricordo lontano e le creature vivevano nell'oscurità, viveva un giovane guerriero coraggioso di nome Elio. Elio era noto in tutto il mondo per la sua determinazione e il suo spirito indomito. Era l'ultimo baluardo contro il Malefico Mostro delle Ombre.

Il Mostro delle Ombre, una creatura temibile e oscura, aveva spogliato il mondo della sua luce e del suo calore. Le terre erano avvolte nell'oscurità e l'umanità viveva nel terrore. Il Mostro delle Ombre si nutriva della paura e del caos che diffondeva.

Quando Elio venne a conoscenza del Malefico Mostro delle Ombre e della sua oppressione, decise di affrontarlo per riportare la luce e la speranza nel mondo. Si armò con una spada luminosa e si avventurò nelle tenebre in cerca del mostro.

Durante il suo viaggio attraverso terre oscure e minacciose, Elio incontrò persone e creature che erano state vittime del Malefico Mostro delle Ombre. Li rassicurò e disse loro: "La determinazione e la speranza possono sconfiggere anche il Malefico Mostro delle Ombre. Insieme possiamo riportare la luce."

Finalmente, giunse alla tana del Malefico Mostro delle Ombre, un luogo oscuro e spettrale. Il mostro lo attaccò con le sue ombre oscure e tentò di oscurare il suo cuore. Ma Elio resistette con tenacia.

Con determinazione e gentilezza, Elio disse al Mostro delle Ombre: "So che in fondo al tuo cuore c'è un desiderio di pace e riscatto. Non devi diffondere le tenebre per sentirlo. Insieme possiamo trovare un modo per liberarti dall'oscurità che ti avvolge."

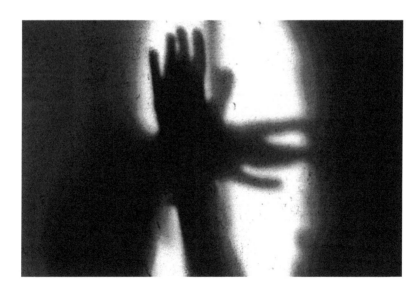

Il Malefico Mostro delle Ombre, sorpreso dalla determinazione di Elio e dalla sua offerta di aiuto, si fermò e rifletté. Accettò l'offerta di Elio e insieme iniziarono a cercare una via per dissipare l'oscurità. Lentamente, le tenebre si ritirarono, e la luce iniziò a tornare nel mondo.

Morale della storia: La determinazione e la gentilezza possono trasformare anche il cuore più oscuro. La speranza può portare alla redenzione.

E così, il mondo tornò a essere un luogo di luce e speranza, grazie all'amicizia tra Elio e il Malefico Mostro delle Ombre. La loro storia dimostrò che la determinazione e la gentilezza potevano superare anche le tenebre più fitte e che la speranza poteva portare alla redenzione anche nelle situazioni più disperate.

Il Principe e la Creatura del Gelo

In un regno innevato, dove l'inverno durava tutto l'anno e i fiumi erano ghiacciati, viveva un giovane principe di nome Alessandro. Alessandro era noto in tutto il regno per il suo coraggio e la sua determinazione. Era destinato a sfidare la Creatura del Gelo, una misteriosa e spietata entità che aveva avvolto il regno nell'eterna gelida oscurità.

La Creatura del Gelo, un essere dalle sembianze di ghiaccio, aveva congelato tutto ciò che toccava, trasformando il regno in un deserto gelido e desolato. Il popolo soffriva il freddo e la disperazione mentre l'inverno non aveva fine.

Quando Alessandro venne a conoscenza della Creatura del Gelo e della sua terribile influenza, decise di affrontarla per liberare il suo regno dalla sua maledizione. Si preparò per la battaglia, indossando abiti caldi e portando con sé una spada resistente al gelo.

Durante il suo viaggio attraverso il regno ghiacciato, Alessandro incontrò abitanti che erano stati colpiti dalla magia gelida della Creatura. Li rassicurò e disse loro: "Il coraggio e la determinazione possono sconfiggere anche il gelo più pungente. Insieme possiamo riportare il calore e la luce."

Finalmente, giunse al cuore del regno ghiacciato, dove si celava la Creatura del Gelo. La creatura lo attaccò con venti gelidi e tentò di congelarlo. Ma Alessandro resistette con tenacia.

Con determinazione e gentilezza, Alessandro disse alla Creatura del Gelo: "So che in fondo al tuo cuore c'è solitudine e dolore. Non devi congelare il mondo per trovare conforto. Insieme possiamo trovare un modo per liberarti dalla tua freddezza."

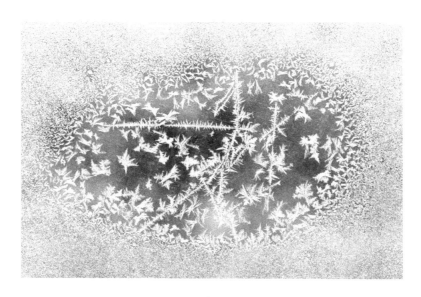

La Creatura del Gelo, sorpresa dalla determinazione di Alessandro e dalla sua offerta di aiuto, si fermò e rifletté. Accettò l'offerta di Alessandro e insieme iniziarono a cercare una via per sciogliere il gelo. Lentamente, il regno tornò a risvegliarsi dal suo lungo inverno.

Morale della storia: Il coraggio e la gentilezza possono trasformare anche il cuore più freddo. La comprensione può portare alla redenzione.

E così, il regno tornò a essere un luogo di calore e prosperità, grazie all'amicizia tra Alessandro e la Creatura del Gelo. La loro storia dimostrò che il coraggio e la gentilezza potevano superare anche le maledizioni più fredde e che la comprensione poteva portare alla redenzione anche tra le creature più gelide.

Il Cavaliere e la Bestia delle Tenebre

In un regno avvolto dalle ombre, dove la notte sembrava eterna e i sogni erano popolati da creature sinistre, viveva un valoroso cavaliere di nome Giulio. Giulio era noto in tutto il regno per la sua audacia e la sua determinazione. Era l'unico che osava sfidare la Bestia delle Tenebre, un'entità misteriosa e spaventosa che aveva gettato il regno nell'oscurità.

La Bestia delle Tenebre, una creatura dalle sembianze oscure e terrificanti, aveva il potere di trasformare le menti delle persone in incubi e farle vivere nell'angoscia. Il regno era stato sommerso dalle paure e dalle ombre.

Quando Giulio venne a conoscenza della Bestia delle Tenebre e del suo dominio spaventoso, decise di affrontarla per liberare il suo regno dalla sua maledizione. Si preparò per la battaglia, indossando un'armatura resistente e portando con sé una spada luminosa. Durante il suo viaggio attraverso il regno avvolto dalle tenebre, Giulio incontrò abitanti che erano stati tormentati dalle visioni spaventose indotte dalla Bestia. Li rassicurò e disse loro: "L'audacia e la speranza possono sconfiggere anche le tenebre più profonde. Insieme possiamo riportare la luce."

Finalmente, giunse al cuore delle ombre, dove si celava la Bestia delle Tenebre. La creatura lo attaccò con le sue illusioni terrificanti e tentò di avvolgerlo nell'oscurità. Ma Giulio resistette con tenacia. Con determinazione e gentilezza, Giulio disse alla Bestia delle Tenebre: "So che in fondo al tuo cuore c'è un desiderio di pace e di liberazione. Non devi seminare paure per sentirlo. Insieme possiamo trovare un modo per liberarti dalla tua oscurità."

La Bestia delle Tenebre, sorpresa dalla determinazione di Giulio e dalla sua offerta di aiuto, si fermò e rifletté. Accettò l'offerta di Giulio e insieme iniziarono a cercare una via per dissipare le tenebre. Lentamente, il regno tornò a essere un luogo di luce e speranza.

Morale della storia: L'audacia e la gentilezza possono trasformare anche il cuore più oscuro. La comprensione può portare alla redenzione.

E così, il regno tornò a essere un luogo di luce e speranza, grazie all'amicizia tra Giulio e la Bestia delle Tenebre. La loro storia dimostrò che l'audacia e la gentilezza potevano superare anche le ombre più profonde e che la comprensione poteva portare alla redenzione anche tra le creature più spaventose.

La Principessa e il Drago del Coraggio

I n un regno lontano, dove le montagne si erigevano alte e i fiumi scorrevano rapidi, viveva una giovane principessa di nome Elisa. Elisa era amata da tutti nel regno per la sua gentilezza e il suo spirito coraggioso. Era conosciuta per la sua frase preferita: "Il coraggio è la chiave per ogni avventura."

Ma un giorno, un terribile drago malvagio, chiamato Drakar, scese dalle montagne e iniziò a seminare terrore nel regno. Drakar bruciava campi e case, portando distruzione ovunque andasse. La gente del regno era impaurita e disperata.

Quando Elisa venne a conoscenza dell'arrivo di Drakar e dei suoi attacchi, decise di affrontare il drago per difendere il suo regno. Si armò di coraggio, indossò una corazza scintillante e si mise in cammino verso le montagne dove si nascondeva il drago.

Durante il suo viaggio, Elisa incontrò persone e creature spaventate dagli attacchi di Drakar. Li rassicurò e disse loro: "Il coraggio è la chiave per affrontare le sfide più difficili. Insieme possiamo sconfiggere il drago e riportare la pace."

Finalmente, giunse alla tana di Drakar, una caverna oscura e infuocata. Drakar uscì dalla caverna, rugendo e sputando fuoco. Elisa sfidò il drago con coraggio e disse: "So che in fondo al tuo cuore c'è paura e solitudine. Non devi distruggere il regno per sentirlo potente. Insieme possiamo trovare un modo per liberarti dalla tua rabbia."

Drakar, sorpreso dalla gentilezza e dal coraggio di Elisa, si fermò e rifletté. Accettò l'offerta di aiuto e insieme lavorarono per trovare un modo per placare la rabbia del drago. Drakar smise di distruggere e iniziò a proteggere il regno.

Morale della storia: Il coraggio e la gentilezza possono trasformare persino il cuore di un drago. La comprensione può portare la pace.

E così, il regno tornò a essere un luogo di pace e prosperità grazie all'amicizia tra Elisa e Drakar. La loro storia dimostrò che il coraggio e la gentilezza potevano superare anche le minacce più spaventose e che la comprensione poteva portare la pace anche tra i nemici.

Il Cavaliere e il Drago delle Tempeste

In un regno costiero, dove le onde del mare si infrangevano contro scogli alti e le tempeste erano frequenti, viveva un giovane cavaliere di nome Luca. Luca era noto in tutto il regno per la sua audacia e il suo coraggio. Era chiamato il "Cavaliere delle Tempeste" a causa del suo desiderio di affrontare il temibile Drago delle Tempeste.

Il Drago delle Tempeste era una creatura possente e spaventosa, in grado di scatenare tempeste furiose e mettere in pericolo le navi e i pescatori del regno. La gente del regno viveva nel terrore delle sue violente tempeste.

Quando Luca venne a conoscenza del Drago delle Tempeste e dei suoi attacchi devastanti, decise di affrontarlo per proteggere il suo regno e riportare la calma nel mare. Si preparò per la battaglia, indossando l'armatura resistente e impugnando la spada affilata.

Durante il suo viaggio verso la dimora del Drago delle Tempeste, Luca incontrò pescatori e marinai che erano stati colpiti dalle tempeste distruttive. Li rassicurò e disse loro: "L'audacia e la perseveranza possono affrontare anche le tempeste più furiose. Insieme possiamo riportare la tranquillità nel mare."

Finalmente, giunse alla tana del Drago delle Tempeste, una caverna vicino al mare agitato. Il drago lo attaccò con saette e venti impetuosi, cercando di sbarazzarsi del suo temerario avversario. Ma Luca resistette con fermezza.

Con determinazione e gentilezza, Luca disse al Drago delle Tempeste: "So che in fondo al tuo cuore c'è il desiderio di pace e di equilibrio. Non devi scatenare tempeste per sentirlo. Insieme possiamo trovare un modo per vivere in armonia con il mare."

Il Drago delle Tempeste, sorpreso dalla determinazione di Luca e dalla sua offerta di aiuto, si fermò e rifletté. Accettò l'offerta di Luca e insieme iniziarono a cercare un modo per placare le tempeste e proteggere il regno. Lentamente, il mare tornò a essere tranquillo e sicuro.

Morale della storia: L'audacia e la gentilezza possono trasformare anche il cuore più tempestoso. La comprensione può portare alla pace.

E così, il regno tornò a essere un luogo di mare calmo e prosperità, grazie all'amicizia tra Luca e il Drago delle Tempeste. La loro storia dimostrò che l'audacia e la gentilezza potevano superare anche le tempeste più violente e che la comprensione poteva portare alla pace anche tra le creature più impetuose.

Le Fiabe della Buonanotte per bambini e bambine

Favole e storie brevi per i più piccoli

Copyright ©2023 – FELICE BUONANOTTE

Milton Keynes UK
Ingram Content Group UK Ltd.
UKHW020714011223
433473UK00010B/147